Orgasmos
Josué Barredo Lagarde

CAAW EDICIONES

Orgasmos

Josué Barredo Lagarde

Josué Barredo Lagarde (Ciudad de la Habana, 1976).

A los 19 años se inició como fotorreportero y comenzó a publicar sus primeros poemas en varias publicaciones cubanas como *Juventud Rebelde*, *Somos Jóvenes* y *El Caimán Barbudo*.

En 1999 emigró a los Estados Unidos, residiendo en Miami donde comenzó a recitar sus poemas en conciertos en vivo de artistas de renombre como Francisco Céspedes.

Publicó su primer libro, *Migajas de un sentimiento*, en 2007, junto al fotógrafo Alejandro Rentaría.

Actualmente vive en Chicago, EE. UU.

Título original: *Orgasmos*
©Josué Barredo Lagarde, 2015
© Primera Edición, CAAW Ediciones, 2015
© Fotografía de portada: Juan C. Oliva Jr.
© Diseño de portada: Jorge L. Álvarez
© Fotografía de autor: Molly Tebbe

ISBN: 978-0-9962047-2-9
LCCN: 2015949789

A mi madre Berta Sila Lagarde Ampudia

De quererte yo
O más que yo
Yo que fui de feto por tu alquimia
hasta oscurecer mis ojos de tanta luz que hay en tu alma
De quererte yo
¡Quién más que yo!

A la Luna
por mandarle mis besitos a mamá
y por acompañarme
en mis llenos y mis cuartos menguantes.

A todo el que ha creído en mí
más allá del bolsillo, curvas y futuro.

Hemos invertido tanto en corazas, evitando la herida, que ya casi nadie sabe cómo luce un corazón.

Verso es decir saber versar, es cualidad de gente sabia. Pero en *Joshua* el verso es el resultado artístico de amar y vivir intensamente la vida y el amor, dejando para los magistros métrica, rimas, giros, metáforas, aforismos, prosopopeyas, y demás ingredientes del plato, quedándose con el estilo; tan solo basta sentir esa conexión con sus afanes y sus deseos satisfechos en esa atmósfera de lírica guapería tan suya.

Este hijo de Olokun infunde unas ganas de vivir y ser feliz que le ronca; cuando *apea* una de sus *milongas* te ves envuelto en la noche angustiosa que te inventas feliz.

He aquí a Josué Barredo Lagarde, un poeta sui géneris que viene *botichelico*, desnudo de temores y vergüenzas falsas, ofreciendo su verso y amistad, cual un melón al pairo que eclipsa toda idea de infelicidad.

Manuel Rodríguez

Por el camino de las brújulas partí,
tantas no pueden estar equivocadas pensé
Y si están equivocadas o no
son las brújulas las que deben preocuparse
Yo ya estoy Aquí (algún lugar del mundo)
y de Aquí he de continuar
para esto he de seguir un compás diferente
La Mujer.

Primavera vs Cálculo

El *show* estaba a punto de comenzar. Yo estaba sentado en el bar cuando las lentejuelas de un vestido absorbieron la penumbra de aquel lugar, hipnotizándome.

—Le llaman Cálculo —dijo el *bartender*.

—¿Por qué?

—Por su mente y su manufacturado trasero.

Se sentó en el bar, le ordené un trago a mi nombre. Se cambió a una silla de la mía y en su acento me dijo: «Me vine hasta acá para escuchar a un poeta que me han recomendado».

Desafinó mi mente y mis latidos.

Comenzó el *show*, el lugar quedó completamente oscuro. Un cenital me permite ver parte de su rostro y aquellas piernas cruzadas entre el escenario y yo. La voz rasgada del artista sabía a alma. Después de algunas canciones, el maestro anuncia el espacio del poeta. Me acerqué a su oído y le dije: «Para ti».

El piano y la melodía de aquella canción *¿Tú por qué?* llamaba mi turno.

Puedo escarbar veinte años atrás y ver tu rostro que apenas se asoma por mi vida.

Puedo de memoria andar por lo exacto de tus piernas y muslos para mi gusto

Y por ese camino entre acantilados tan húmedo, tan potable, que entra y sale por tu espalda saturada de miradas indiscretas

y sale y entra por tu vientre donde mutilo mis tormentos.

Puedo traspasar tu salón para mi descendencia; dilatar tu pecho con mis labios y luego con la leche para el nuestro.

Puedo al degollarte con suspiros crear la melodía desde tu garganta hasta tu boca; poner a mi merced cada vello en tu cuerpo y entre ellos llegar hasta tus ojos, donde me creo todo lo que pienso.

Puedo por muchos veinte años más seguir viendo tu rostro que apenas se asoma por mi vida
  Y repetir todo lo demás.

Desde el escenario, mientras decía el poema, podía sentir hasta las contracciones en su vientre. Entre aplausos regresé a mi silla. Se viró hacia mí, descruzó sus piernas dejando un espacio de vida entre ellas y dijo: «Me llamo Primavera».

Yo no había terminado mi segunda ronda de *whisky* y ya estaba enamorado.

—Disfruta tu tango, Poeta.

—Define mi tango...

—Puede que llegues a mis labios, pero no soy para ti.

—No pienso hacer nada que tú no quieras hacer.

—¿Bailamos?

—Si sientes algo duro es mi celular —le dije mientras el pronunciado descanso de su espalda rozaba la parte baja de mi abdomen al compás de la música.

El hombre que hace reír a una mujer tiene un setenta y cinco por ciento a su favor. Agarré su cintura, la viré hacia mí y le pregunté: «¿Qué hago con este setenta y cinco por ciento?». Y así llegué a sus labios.

El público me miraba como si yo fuese un ladrón de estatuas con aquel monumento entre mis brazos.

—Me tengo que ir.

—Te acompaño.

El *show* terminaba, el público se acercaba para agradecer mi poema mientras ella se alejaba.

A pasos tardíos de sus pasos
  Mis pupilas desde la penumbra de sus cabellos deslizaban miradas por su espalda
    Y entre el resplandor de sus ojos contemplaba su divina silueta a contraluz.

—Primavera, ¡espera!

Llegué a su auto. Nos volvimos a besar. Desde la ventanilla sus muslos, y un poco más fuera del vestido, dolían en mis ganas. Encendió el auto. Yo sutilmente había tratado de mil maneras vivirle aún más la noche. El auto comenzó a moverse, me agarré de la puerta y en un lujurioso tono le dije: «¡Qué viva el Che! ¡Qué viva el Che!».

El auto se detuvo, una vez más provoqué su porteña risa. Subí al auto. Entre besos comencé a recorrerla, florecí sus senos, desperté su humedad, bebió de mis dedos, traspasé su umbral en mi puerta.

Primavera y aquel despampanante cuerpo. Podía sostener mi vaso de *whisky* sobre sus nalgas. Sin duda alguna, ella fue el más fuerte y veloz entre millones de espermatozoides que trataron de llegar al óvulo. No como yo, que tuve que mentirles a todos para poder convertirme en este feliz mejunje. Sí, mentí. Yo era el último de mi gran grupo, cuando apenas llegaban al final del túnel vociferé: «¡Una paja! ¡Es una paja!». Todos retrocedieron a máxima velocidad. Así fue como pude llegar yo.

Tres semanas de Primavera en pleno diciembre. Yo era más feliz que un paraguas recién estrenado bajo la lluvia en París (nunca he estado en París, pero puedo imaginarlo), mientras Primavera se marchitaba en su propia guerra contra Cálculo.

Cálculo buscaba un estado migratorio, estabilidad económica. Primavera conmigo se alejaba cada vez más de Cálculo. Como ella misma dijo: «No soy para ti». Cálculo venció a Primavera. Regresó el invierno.

He de exponer mi cuerpo semidesnudo de hambres ante este invierno que ofrecerá el calor de un alma iluminada con las curvas que exijo.

He de descongelar mi más sano abrazo transpirando latidos ante el descenso de sus tejidos que desesperará la travesía del palpar por lo oculto de la sensibilidad.

He de platicar con su humedad extasiando el caudal ante la incertidumbre de la estadía que desvanecerá la escarcha de la perpetua novia Soledad.

He de recorrer sus calados halagando la profundidad con sinéresis de mi talle ante la armonía del clamor que saciará este y todos los inviernos.

Ese invierno no ofreció nada.

Cerrado por inventario

Cuando la mujer que más me ha amado regresa (Soledad), me encierro en un autoanálisis general de mí hacia la vida.

La Política: Una prostituida mafia legalizada.

La Religión: Antiguas damas reescritas en función de algún poder usando el nombre Dios.

El Amor: Nada, absolutamente nada en este mundo debería de ser más libre que el Amor. La única manera de estar bien con el resto es estando bien con uno mismo. Por ende, amar es permitir ser. Respetar más allá de los límites del entendimiento. La inseguridad diría: ¡con esto solo provocarás infidelidad! Todo lo contrario. Por supuesto, con la carne al día y aún más.

Tengo
Remendada el alma con abrazos de amores descocidos y otros no tan merecidos como jaula de mi "gorrión" que finge sonrisas.

Soy
Dos pasos que retroceden por si al dorso de mi presente persiste el silencio, mi voz se conteste a sí misma.

Tengo
Vivida mi estación por el alero de tus senos; desde el descanso de tu espalda hasta las mamparas de tu manantial pero no te tengo a ti.

Soy
Un paladar al pairo por otros sudores buscando el sabor de tu cuerpo; las ganas de un descenso a tu infierno que dilata el metal en tus latidos y seguir creyéndote santa.

Tengo
Eco en los bolsillos, un pectoral saturado de latidos que no alcanzan para vivir.

Soy
Un vuelto que siempre es de más y nunca es suficiente para más.

Tengo

A flor de piel mi ser con su verdad relativa; con su piadosa mentira carveándose la vida entre corazas ajenas.

Soy

Un frasco de adagio feliz con cuávulos de soledad y pluma de domingos sin mamá.

Tengo

Tengo que seguir siendo.

Después de aceptar lo relativo de todo en la vida, de mantener intacto mi ser siempre descarrilando al corazón y a la intuición, más todo lo contrario con la mente, decido interrumpir el autoanálisis para continuar con proyectos decorativos para mi espacio. Por ejemplo: serrucho las patas de aquella mesa de centro que siempre me pareció muy alta; invento una lámpara con partes de otras que recogí en un *Plan Tareco*; enmarco alguna pintura de mi amigo Manolo.

La masturbación.

Me fui a una tienda de video para comprar una película porno barata. Comienzo a ver dicha película y ninguna de las mujeres que están en la carátula se encuentran en el video. Molesto decido ver una serie sobre gladiadores de la antigua Roma y descubro que las mujeres de esta son muy hermosas, y que tambіén las escenas de sexo son más gráficas que en la película porno. La serie completa duró ocho horas, me masturbé seis veces, y también maté al tan poco deseado domingo.

Saturas de soledad con tu nostálgica atmósfera de afiladas memorias mutilándome el alma con esa voz rayada en el mismo ruego: mi hijo dale calor a tu casa.

Santuario de depresivas resacas fingiendo ser descanso sagrado para la fe; la salvación y el falso.

De ti en ti voy escribiendo heridas que cicatricen la agonía del comienzo o final de la septimanía solo y contigo.

¡Tú y tus inquisidoras horas Domingo!

Ancladas en la exigüidad de mi actualidad: Amor, Madre y Familia.

Luna y sus amigas

*U*n amigo pintor me regala una de sus obras. El óleo se encuentra en un restaurante italiano. Tenía que esperar a que cerrara el establecimiento para poder descolgar de la pared aquel rostro de mujer con un gato. Mientras esperaba decidí actualizar mi cultura alcohólica. El lugar cierra sus puertas, descuelgo la obra de la pared, son cuatro pies de largo y tres pies de ancho. En la acera, aquel rostro, el gato y yo nos miramos y leímos el mismo mensaje en nuestros ojos. Con estos tragos que nos dimos, no vamos para la casa todavía.

Llegamos a un bar, ordeno otro trago. Desde la mesa frente a la mía, una mujer con gesto de asombro no dejaba de mirarnos. Se acercó a mi mesa y dijo: «¡Qué linda pintura!».

«Con todo respeto, ella es la dama que me acompaña y el gato es mi amigo», enfaticé. Comenzó a reír y enseguida recordé el setenta y cinco por ciento. «Espera», le dije. Me acerqué al rostro en el óleo y susurré con discreción. «Le pregunté y me contestó que no hay problemas con que te sientes con nosotros». Continuó su risa, recogió su cartera y se sentó a mi mesa.

—Sé quién eres —me dijo.

—¿Y quién soy?

—Eres Poeta. Una vez fui a ver un *show* y te vi, todo ronco, medio borracho. Me gustó el poema.

—¿Y el Poeta no?

—Tú sí no pierdes tiempo.

—Mira si tienes razón, que no he terminado mi primera cita con esta dama (señalo el óleo) y estoy ya tratando de conquistarte. Otra risa.

Discúlpenme, pero no puedo continuar contándoles sin antes describirles a la hermosura. Sus ojos eran dos azabaches, sus senos eran libres en aquel vestido blanco, su pelo era una cascada de coral por una espalda dividida por un canal de carne que se perdía donde terminaba el escote, su piel era verano con aquel barniz en sus muslos como arcos crucificados en sus caderas, dejando clara la ruta de la humedad. (Solo de describirla me dan ganas). Se llamaba Luna.

—¿Qué haces tomando sola?

—Hoy dejé mi óleo en casa —contestó.

Entre tragos, miradas y risas nos contamos las vidas.

—Te voy a confesar algo. El día que te vi por primera vez, me mojé con tu poema. Después te vi varias veces, pero como siempre, ibas acompañado. Otro día te vi caminando por la calle y quise detener mi auto y pedirte que me llevaras contigo esa tarde.

—¿Por qué no lo hiciste?

—Por miedo.

—¿Y esta noche? ¿Quieres que te lleve conmigo?

—Sí.

Abrimos un vino tinto. Ella lo bebió de mi boca, el mío lo serví en el medio de su espalda, corría por ella hasta estancarse donde se elevaba su cuerpo y mis ganas. Allí bebí.

Al día siguiente desperté primero. Mordía el puño de mi mano izquierda de verla semicubierta con mis sábanas. ¡Qué bella!

El alivio de una sonrisa en su rostro cuando despertó, de su mano acariciando mi barba. Todos sus gestos me hablaban.

—¿Todavía quieres saber por qué anoche tomaba sola?

—Sí.

—Soy joven, hermosa, vivo de lo que quiero hacer en la vida —con lagrimones en los ojos, dijo—: pero no puedo ser madre.

La abracé y le dije:

> Te voy a romper la fuente como niño que quiere salir de ti
> Que se despide sin partir viviendo de la leche en tus rincones
> Hasta llenarte solo de mí y rasgos de ambos
> Hacerte parir.

Puso sus senos en mi boca, recorrió su cuerpo por ella, su vientre, su clítoris. Regresaba su boca a la mía, me dejaba entrar en ella hasta agotar mi semen y su energía. El más deseado de todos los desgastes. Su cuerpo era jardín de una sola orquídea y yo su jardinero.

Nos fuimos a la calle. Después de tanto andar, terminamos en un lugar repleto de velas y música flamenca. Entre bulerías y tragos pedí papel y pluma. Fingí que pintaba su retrato y escribí:

Luna
Tu cuerpo
Qué lindo tu cuerpo
De pechos llanuras
Colinas torneadas
Donde muere tu espalda
Comienza mi vida
Tus piernas
Dibujan la sombra de mi jornada
Donde coincide todo
Respiran mis ganas.
Luna
No es solo tu cuerpo
Es estarle dentro
Es la mirada
Con voz de tu alma
Tu abrazo
Despide mis miedos
Enciende mi credo
Que te santifica
Por todo mi cielo.
Luna
Soy un hombre pleno
Sin dudas
Certero
Tengo un espacio
Detrás de tus senos.
Luna
Si se agota mí tiempo

Te seguiré viviendo
Muerto.

Así mantuve a Luna llena, y con ella sus mareas y yo.

Mi baño se llenaba cada vez más de sus pomitos: frascos de crema, champú. Entre mis zapatos, los de ellas. En mis gavetas su ropa interior, en mi cama su olor.

Algún día Luna me invitó a un lugar con música en vivo para presentarme a sus amigas. Cuando llegué, estaban sentados en un sofá a un lado del escenario: Luna, dos amigas y un hombre que acompañaba a una de las dos amigas. Después de presentarme, me senté entre Luna y la amiga que no estaba acompañada. Las amigas de Luna eran esculturas.

Después de unos tragos, Luna comienza a besarme, pone mi mano en sus senos, nos besamos por más de dos minutos cuando siento la respiración de la amiga al otro lado de mi rostro y la lujuria en su mirada. Miró a Luna y le dijo: «Yo también quiero besarlo». Luna hizo un gesto de aprobación, yo la miré como quien aclara. Comencé a besar a su amiga. Luna puso mi mano entre las piernas de su amiga mientras me besaba en el cuello, su amiga gemía. Los músicos invitaban al Poeta al escenario, pero yo ni caso les hacía. Estaba tan emocionado que puse mi otra mano en las nalgas de la tercera amiga y ella se dejó. De pronto, tocaron mi hombro, era el hombre que acompañaba a la tercera amiga, lo miré, dirigió su mirada hacia mi mano en las nalgas de su dama y me dijo: «Todas no pueden ser para ti». Retiré mi mano y noté una sonrisa pícara en la tercera amiga.

Nos fuimos a casa, Luna, la amiga que besé y yo. Cuando despertamos, la amiga con rostro de satisfacción confesó la cantidad de veces que se vino.

Luna se fue a un viaje de negocios dejando a la tercera amiga a cargo de mi entretenimiento, así que salí con ella. Cuando me subí a su auto, noté que había una manzana entre los asientos.

Fuimos a galerías de arte. Ella era muy espiritual, con una filosofía de vida muy similar a la mía, algo que me hacía sentir extremadamente cómodo. Tanto fue que llegué a preguntarme ¿por qué no puedo tener el cuerpo de Luna con la manera de ser de su amiga?

Después de las galerías nos fuimos a un bar. Yo era un hombre sexualmente activo y parece que mi felicidad desprendía sustancias que excitaban a las mujeres. La mujer que trabajaba en el bar no dejaba de provocarme. Del bar nos fuimos a una reunión bohemia con amigos artistas, donde dije algunos de mis poemas intencionalmente, o no, sonsacando a la amiga.

Camino a casa, en su auto, intentó morder la manzana, la miré a los ojos y le dije: «Si la muerdes te singo». Y la mordió.

Yo manejaba su auto, desabrochó mi pantalón y comenzó.

Yo no me considero un hombre genitalmente mal dotado, sin embargo, sentía sus dientes en mis testículos. Nunca llegamos a casa, todo sucedió en el auto.

A la llegada de Luna le conté lo sucedido. Después de todo, ella dejó a su amiga a mi cargo. En el elevador de mi edificio me besó como nunca, abrió mi cinturón, introdujo mi pinga en ella, estaba empapada, mirándome toda enajenada.

—¿Dime si el de ellas se siente tan rico?

He de admitir que Luna era tan linda y su cuerpo tan delicioso, que para mí estar dentro de ella era la vida.

Esa misma noche Luna invitó a sus amigas a la casa. Me sentí como un exquisito manjar. Nunca me han desvestido con tanto arte. Mi boca en una, mis dedos en otra y yo dentro de Luna.

Tres tremendas trigueñas, tres aromas de diosas, seis hambrientos ojos, tres bocas con labios de seda por todo mi cuerpo, varios orgasmos y una sola savia en tres rostros.

Luna levantó su copa y dijo: «Esta es la última vez que disfrutan a mi hombre». Las amigas se miraron con asombro. Yo me sentí algo feliz con eso de *mi hombre*. Luna se estaba enamorando de mí, algo que comúnmente no sucede. Yo no lo estaba del todo de ella. Eso sí, no podía pasarme por delante sin acelerar mi existencia.

Una mujer recontra hermosa, dedicada a mí, era lo más cercano a suficiente.

Aumentaron los pomitos en mi baño, sus zapatos ahora eran líneas en frente de los míos, las gavetas ya eran solo de ella. La casa se llenó de sexo (¡qué rico!), pero también cierta inseguridad despertó en Luna. Sus amigas no volvieron más a casa. Comenzó a revisar mi celular, e inclusive borró algunas fotos mías con otras mujeres.

Un día llegó a casa y comenzó a gritarme sin razón alguna. Di la vuelta y me marché. Esperando por la luz verde en el semáforo de la esquina de casa, Luna chocó su auto contra el mío. Regresé al edificio y en el parqueo me volvió a chocar. Salió de su auto como una fiera, le advertí que lo que tuviera que decir lo dijera en casa y no en la calle. Entrando a casa me lanzó un zapato, trató de agredirme, al parecer agarré sus manos tan fuerte que su gesto de dolor fue extremadamente femenino, la besé, nos rompimos la ropa en el cuerpo, la puse contra la isla de la cocina, penetré su orto mientras estimulaba su clítoris con la yema de mis dedos, los gemidos de Luna me sacaron de los cabales, clavó sus uñas en mi abdomen, mordí su espalda, le preguntaba al oído: ¿quién es tu hombre? Toda desahuciada contestaba: ¡tú, papi! La reparación de los dos autos no era nada comparado a aquel orgasmo sin precio.

Luna juró no volver a caer en esas crisis.

Y así fue.

Éramos inseparables como Yoko y John.

De regreso a casa casi siempre se quedaba dormida sobre mi hombro mientras manejaba. Mi auto era de cambios, era la incomodidad más deseada. A veces, hasta se babeaba sobre mí, pero no me importaba.

Una noche, en un restaurante terminamos una botella de vino y le dije: «acuesta la botella vacía para que te puedas casar». Apenas terminaba el tema de aquella superstición y me propuso matrimonio. Aquello me pareció hermoso, aunque no lo esperaba, me quedé mudo por algunos segundos y ella lo tomó negativamente, evitando espacio para mi explicación. Esa noche, por primera vez, no tuvimos sexo. Al amanecer, despertó junto a su inseguridad.

Discusión tras discusión por nimiedades, hasta un buen día que no aguanté más, le dije: «¿Ya ves por qué tuve que pensarlo cuando me ofreciste matrimonio?». Su rostro colapsó, se encerró en el cuarto. Yo me fui por unas horas para desconectar. Cuando regresé, ya Luna no estaba.

Pasaron los días, busqué a Luna por todas las constelaciones. Me preocupé, sufrí, lloré. Salí a buscarla de nuevo y nada de Luna.

Un día, la tercera amiga me llamó para decirme que todo intento de regreso sería en vano. Luna se fue de Aquí.

El dolor de Primavera se sumó al de Luna, y nuevamente el regreso de Soledad.

Naturaleza muerta
Eres primavera que anuncia su llegada desojándome el alma
con musas de tu partida
Yo a sabiendas te recibo con tus botones marchitos en mi mejor
camisa
En tu engaño me condenso en estado de tu aliento
Luego me suspendes como gota reciclada
De tu zaceada piel mojada
A la merced de algún vacío
Con tu inoloro rastro.

Alba

*L*a noche estaba fresca, pero no me abrigué. Esta noche me busco un cuerpo que caliente al mío. Black Label sin hielo, en mano, y de pronto tropiezo con una faldita a la cadera con curvas al estilo Luis XV, que derramó mi *whisky* sobre mi abdomen. La pérdida del trago la sentí en la boronilla del bolsillo (no sé si ustedes saben que un poeta está destinado a no tener monedas), pero ella estaba tan buena que no lo exterioricé.

—¡Disculpa!

—¡Qué pena!

—¿Qué estabas tomando?

—Tranquila, no es nada.

Clavó sus pupilas en las mías con cara de incrédula. Se agachó, olió los restos del trago en mi cuerpo. Su respiración traspasó mi camisa empapada alcoholerizando mi piel, ella lo notó.

—¿Qué tipo de *whisky* tomas?

—Black Label sin hielo, por favor.

Me puso un doble y se marchó. Salí a la terraza para secar mi camisa al aire. Al rato, sentí una mano en mi abdomen y su voz en mi oído: «Todavía le falta un poco para secarse».

Su mano palpó la condición física de esa parte de mi cuerpo, (cosa que no es común en los poetas).

—Me llamo Alba, ¿y tú?

—Poeta.

—¿Ese es tu nombre o lo eres?

—Los dos.

Su mano siguió en mi abdomen y sus senos, despiertos por la frescura de la noche, rozaban mi espalda. Podía sentir hasta el diámetro de sus aureolas.

—¿Cuál sabe mejor? ¿Tu *whisky* o el mío?

—No he tenido el gusto de probar el tuyo.

Echó a reír (setenta y cinco por ciento). Se cambió de mi espalda a mi pecho.

—Espero que esos labios sepan mejor que las palabras que dicen.

Yo no decía nada para no desviar su intención. Esa noche yo no era un poeta, sino un gato de tejados.

Me besó con ganas acumuladas, seguí en silencio, me miraba como quien ya vivió aquel momento.

—¿Nos vamos?

—Sí.

—No te asustes con lo que vas a ver, soy una mujer decente con horario de prostituta.

Cuando llegamos al parqueo, vi que su auto era de policía encubierto. Alba era agente de la DEA. He de confesar que esto causó tensión, siempre he vivido con algo de Sinatra. Pasamos por otro bar, más *whisky* doble y finalmente partimos.

Un poeta manejando un auto oficial de la autoridad con todas sus luces y sirenas encendidas, a alta velocidad, en una ciudad donde todo es prohibido. La falda de Alba se confundía con el cinturón de seguridad, despeinó su arma más la bala del directo y comenzó a masturbarse con ella, los gemidos de Alba se escuchaban sobre las sirenas. Vi su leche correr por el cañón de su pistola, y la mía por su mano y parte del timón.

Cuando llegamos a su casa, mi libro se encontraba sobre su mesa de centro en la sala. Todo comienza a tener sentido, hasta el tropiezo fue premeditado. Alba conocía mi poesía. Era una mujer inteligente, bella, pero policía, que siguió los pasos de su padre asesinado por narcos.

A pesar de todas las armas alrededor y debajo de su cama, esa noche dormí como un bebé en los brazos de un ángel.

Amanecí en tus ojos
Colmados de pupilas llenas
Que encandilaban a mi antojo
Mientras mis manos palpaban la flor de tu eterna primavera.

Por tu cuerpo fui
Del alba al ocaso
Bebí de tu savia
Descongelé mi alma en tus brazos
Nací y morí en tus orgasmos
Y reencarné una y otra vez
A la deriva por tu sudor
Naufragué en tus labios
De rezos en besos
Agradecí tu boca
Desplomaste un gemido en mi pecho
Y en una tierna mirada
Nuevamente
Amanecí en tus ojos.

Estuve detenido y desnudo, todo un fin de semana en su casa.

La cintura de Alba eran dos cuartas de mis manos, seguida de un corazón boca abajo donde caían las puntas de su dorado cabello, sus ojos azules claros casi blancos, sus labios carnosos, un lunar en el cuello. Su ropa interior cabía en el bolsillito derecho que llevan los pitusas encima del bolsillo grande.

A voluntad propia seguí detenido.

Salimos varias veces y siempre regresé a la casa a toda velocidad con luces, sirenas, y Alba medio desnuda y conmigo dentro.

La voz del Poeta junto a la Gendarme se corrió entre mis amistades. Nadie lo creía hasta que nos invitaron a ambos a una fiesta en casa de un amigo de Allá, una de sus tantas casas. Silenciosamente abrí el portón de la casa que daba al patio donde se encontraban todos, y con luces y sirenas manejé hasta la misma fiesta. Desde la oscuridad de los cristales veía las caras de asombro, preocupación y miedo. Cuando salí del auto mi madre fue mencionada varias veces, cuando Alba salió el silencio fue absoluto.

La fiesta fluyó, yo me divertí, mis amigos estuvieron algo limitados, Alba no estaba relajada.

—¿Estás bien?

—Sí, solo un poco cansada.

Dos días después de la fiesta, entré a la oficina en su casa para revisar mis correos electrónicos en su computadora. Justo sobre el teclado se encontraba un *file*. Al moverlo de lugar, salieron documentos y algunas fotos donde estaba la foto de mi amigo de Allá.

Inmediatamente me reuní con mi amigo, le mostré los documentos. Después regresé a casa de Alba y esperé en la sala con el *file* en mis manos. Cuando llegó, le pregunté: «¿fue el Poeta y su poesía lo que llamó tu atención, o acaso me usas para detener a mi amigo?».

—¡Te juro que todo ha sido pura coincidencia!

Me marché de su casa como a quien no le queda espacio en el alma para más dolor. Escuché su llanto, pero mis dudas eran más profundas.

Una semana después fui invitado al yate de mi amigo. En este se encontraban todos los que estaba en el *file* de Alba. Gracias a mi aviso, ya nada se les puede probar. Fui agradecido con puertas y monedas que no acepté. Por un lado, los códigos y los principios de un hombre como yo, por otro, mi gran dolor por Alba.

Poeta contra Poeta, y sin tinta.

Cuando llegué a mi casa esa noche, Alba me esperaba con fotos mías en el yate de mi amigo.

—¡Sabes que puedo arrestarte ahora mismo!

—¿Y qué esperas? ¡Después de todo, esa fue siempre tu intención!

Alba no podía hacer nada. La información se filtró por su causa al involucrarse conmigo.

Comenzó a llorar desesperadamente, me juró una y otra vez que nunca pensó que yo sería una carta relacionada a su operación. Trató de explicar lo legítimo de mis poemas y yo para ella. Yo, en posición más que débil, puesto que Alba me encantaba, recurrí a lo imposible. «¡Renuncia y quédate conmigo!».

Sabía que renunciar sería como traicionar la memoria de su padre. Por supuesto la respuesta fue: «¡No puedo!».

Y partió.

Su voz repetía en mi mente: «Fuiste una carta, fuiste una carta, fuiste una carta».

Carta Humana

   Con mi pluma y tu piel en tiempo corrido con tinta de tus ojos tristes

   De mirada en mirada hasta donde riman las pupilas

   Con acento de tu boca

   Y dos puntos en tus senos

   Un suspiro

Con mi lengua y tu saliva por los renglones de tu vientre

   Hasta el paréntesis de la humedad

En tus puntos suspensivos

Donde diluyo

El verbo y el guion

Un gemido

Con mi margen y tu hoja sumergidas en estas orgásmicas letras

Escasas de tintas pues tus ojos ya no están tan tristes

Desespero oraciones

De sudor

Dolor

Y cura

Hasta el punto final del Alba

Que lentamente reafirma

Tu ausencia

Un sueño

La modelo y el vagabundo

Tomaba el tren todos los días en la misma estación, a la misma hora. En la estación había una publicidad de una modelo en ropa interior. Todos los días, un vagabundo hablaba con ella. Él vestía un sobretodo formal, unos pantalones deportivos, zapatos de lujo y guantes con decoración de Navidad. Fumaba cigarrillos usados, con el estilo de algún noble. Le hablaba y le hablaba a la modelo, con miradas de lujuria, pasión, alegría. Cada día, yo trataba de acercarme para poder escuchar su monólogo, pero siempre me miraba con ojos de celos. Nunca pude escucharlo claramente, pero sí podía interpretar cada gesto.

Todos los días, sin excepción, el vagabundo enamoraba a su modelo.

Una mañana, los trabajadores de la estación cambiaban la publicidad por una nueva. Solo pensar qué haría él sin ella, me impedía avanzar. Me dirigí hacia los trabajadores y pregunté qué hacían con el afiche viejo y si me podía quedar con él. Me miraron como a un pervertido que se masturbaría varias veces sobre ella, pero no me importó. Me dejaron tenerle.

Llegué 15 minutos tarde a la terminal. Encontré al vagabundo arrodillado ante la nueva publicidad, con las manos en su rostro y una enorme tristeza. Me le acerqué, lo ayudé a ponerse de pie y le di el afiche. La felicidad regresó a su rostro.

—¡Qué ironía la vida! —dijo—. Todo este tiempo la cuidaba de ti y eres tú quien la salva para mí.

Lo vi partir con su amada bajo el brazo.

Seis meses sin Orgasmos

Luz

*M*e acostaba a las 7:00 a.m., me levantaba a las 6:00 p.m. Apenas comía. Barbudo. Mi computadora enferma de virus por mirar sitios porno en la Internet, aunque mi vecina me enseñaba su cuerpo mientras me bañaba, sin cortinas en la ventana de mi baño. No la podía ver por mucho tiempo, el vapor del agua caliente empañaba el cristal. No sabía si era joven o mayor, aunque tenía lindos senos, se los sacaba antes de que el agua se calentara.

> Con espaldas de mi camino y lenguas de tu pasado adoquinaré esta vida
>
> Esculpiré el destino en tu alma desabotonada por manos de mi alma
>
> Ofrendaré el óxido de mi carácter a la constelación de lunares en tu parásita flor de mi cuerpo
>
> Recorreré tu mundo torneado de labios y aureolas como si solo quedaran ochenta días para vivir
>
> Sumergiré la paciencia en la más baja de tus mareas hasta la superficie de tu lado oscuro
>
> Y después culparé a la luna
>
> Llevaré al tiempo del brazo con horario de soledad por la infértil importancia de tu existir
>
> Para mi ser
> Cuando te encuentre
> Viviré.

Alguien toca a mi puerta.

Una mujer en sus dieciocho años, para ser más exacto.

—Creo que ya es hora de una presentación formal, después de tanto mirarnos entre ventanas y vapor.

La tomé por el brazo, la senté en una silla y con cara de loco pregunté: «¿Sabes quién soy? ¿Has leído mi poesía? ¿Eres policía encubierta?».

En vez de asustarse, se echó a reír.

—No bobo, soy la vecina que disfruta tu cuerpo cada vez que te bañas y que también se imagina todo lo que sucede con todas esas mujeres que te visitan. Por cierto, me llamo Luz.

—Disculpa el impulso, soy Poeta.

Caminó por la casa, observó las obras de arte en mis paredes, me besó en la mejilla y se fue.

Al día siguiente, regresó, otro beso en la mejilla, limpió toda la casa, cocinó y se marchó.

Al próximo día se apareció con frutas frescas. Nos sentamos en el patio a comer las frutas. El jugo del mango corría por su cuello hasta perderse entre sus tiernos senos. El jugo de mi mango se quedaba en mi barba.

Entró a la casa, sacó la crema y cuchilla de afeitar y comenzó a afeitarme. Cuando terminó, se sentó de frente en mis piernas, me miró con toda la dulzura que no encontré en las frutas, ella era la más fresca de todas las frutas. Me abrazó, mis labios cayeron justo en el camino del jugo del mango. Comencé a saborearlo a tres labios de sus aureolas que se desesperaban tras su camiseta, que ella delicadamente dejó caer de su cuerpo. Seguí el recorrido del jugo de mango, que se mezcló en su ropa interior con su humedad. Nada tan exquisito había probado mi paladar. Vistió mis ganas con la más justa de las sedas. Sus gemidos eran la perfecta afinación de notas que el hombre todavía no ha descubierto. Desde todos los ángulos viví su anatomía, ordeñé su profundidad repetidas veces. Sus negros ojos perdidos en los míos, sus labios eran sanguijuelas adictas a mi cuerpo. Su boca me dijo al oído: «¡Qué manera de singarme tan rica la tuya!».

Nos quedamos dormidos en la hamaca del patio. Cuando desperté, ella no estaba a mi lado. Por un momento llegué a pensar que fue un sueño. Cuando entré a la casa tenía puesta una camisa mía (solamente), y olor a mi jabón de baño en su cuerpo. Cocinó, encendió dos velas y abrió una botella de tinto.

—Te veías tan hermoso durmiendo, que no quise despertarte. Báñate, te espera una cena romántica.

—¿Cómo es posible que a tu edad cocines como una diosa?

—La señora con quien vivo es mi abuela, ella es muy mayor y ya no puede valerse por ella misma. Hago todo en casa desde hace cuatro años.

—¿Y tus padres?

—Mi madre murió cuando yo tenía nueve años y mi padre está preso en Roma.

—¿Roma, Italia?

—Sí, allí nací yo.

—Con razón eres tan bella.

Sonrió.

Mientras fregaba los platos la abracé por la espalda, recostó su cuerpo al mío, que caía como piezas de un rompecabezas. Levantó mi camisa que la vestía, se untó aceite oliva en sus dedos, y de sus dedos a su ano. Delicadamente desesperado entré en ella, desnudé su cuerpo para poder ver cómo aquel símbolo de vida terminaba en mí. Su pelo negro, corto, simétricamente cortado, su cuello, sus hombros, su espalda, era del tiempo del dadaísmo. Sus gritos de placer con Bach de fondo, *Suite No. 1 Prelude*. Se vino sobre mis testículos y yo con ella. Sus muslos temblaban hasta deslizarnos sobre la alfombra de la cocina, trataba de hablarme sin poder, el divino placer plasmado en su rostro y aquel perfil, que a estas alturas aún anda por mi memoria.

Amanecimos en la alfombra. Cuando abrí los ojos, ella me miraba sin dudas, se acercó aún más y posó sus labios en los míos.

Esa carnívora brisa sutil que deja al tiempo sin latidos
Cuando tus ojos cuelgan de mis labios y tu lengua allana mi boca
Expulsándome de toda cordura por ese casi invisible pasto en tu cuerpo
Al que se le prohíbe hablar
Hasta los mapas de la niñez en tus rodillas
Donde levanto la mirada

Y veo la vida.

—Esta noche te saco de la casa.

Luz era puras acciones con pocas palabras, solo lo esencial, que, para mí, en aquel momento, era perfecto. La diferencia de edad nunca la noté, todo lo contrario, la disfruté.

Ella me había visto mucho antes que yo a ella. Vivía justo a mi lado y yo perdido por otros cuerpos sin intención.

Al caer la noche llegó mi Luz. Un vestido negro y corto como sus ojos y su pelo, con aquel cuerpo literalmente hecho en Roma, a donde todos los caminos me llevan sin peros.

Llegamos a una mansión de un amigo de su padre, que ya se salía de la tercera edad, pero con mucho, mucho dinero. Yo, un poeta maldito, percaté la *verdura* de aquel señor recorrer el cuerpo de Luz, con un forzado saludo hacia mí. El resto de los invitados me acogió con cálido respeto.

Luz no se despegó de mí en toda la noche, cuando agradecí su acción, respondió: «Tú eres mi hombre», (no creo que tengo que explicar cómo me sentí).

Luz todos los días atendía a su abuela y después cruzaba por el jardín a mis brazos. Una noche noté en ella preocupación.

—¿Qué pasa, Luz?

El amigo de su padre le pidió que no me llevara más a sus fiestas. Evitando ponerla en tal incómoda posición, no presté importancia.

—No te preocupes, mi Luz, para la próxima vas sola, yo te espero.

Luz no fue a la próxima.

Las invitaciones para Luz continuaron, pero no fue a las fiestas sin mí.

Uno de los invitados de la primera fiesta nos invitó a ambos a su casa (otra mansión).

Cuando llegué, el amigo estaba allí, se me acercó y con una sonrisa fingida me dio su mano y me dijo: «¿Qué carajo tú haces aquí?».

Calmado apreté su mano para asegurar que escuchara todo lo que tenía que decirle sin que escapara. Con otra sonrisa fingida le dije: «Tu historia es muy triste, hombre rico».

—¿Por qué?

—Porque todo tu dinero no puede comprar mi riqueza.

Aún más sarcástico preguntó: «¿Qué riqueza?».

—¿Qué edad tienes?

—72 años.

—¿Tú crees que tu dinero pueda convertirte en un hombre de treinta y cinco años?

Trató de huir, pero no se lo permití.

—¡Contéstame! Dime si tu dinero te puede convertir en un hombre de 35 años que disfruta de la mujer con que sueñas, que, además, es hija de un amigo que está preso. Falta de respeto, ¿no te da pena?

El amigo se marchó. Todos estuvieron al tanto de la conversación. Luz se acercó: «¡Qué elegancia de hombre!, dijo. ¡Qué clase!».

El amigo fue a ver a todos los asesinos a sueldo para poner una paliza a mi nombre. Para su desgracia, todos eran amigos míos. Nadie aceptó su dinero.

Luz seguía iluminando mi alma cada vez con más intensidad.

Un día cruzó el jardín, en llantos, con una carta en las manos.

—Poeta, ¿qué quieres de mí?

Quisiera ser reflejo constante en tus pupilas enajenadas de mis ojos
Carveando tus corazas hasta hallarme en tu alma
Como el constante reflejo que quisiera ser.

—¿Por qué la pregunta?

Me dio a leer la carta que llevaba en sus manos. Su padre salió bajo *parole* de la cárcel y no puede salir de Roma. Luz tenía que viajar por tiempo indefinido, y sin mí. Mi dolor no cabía en mi cuerpo. Me quedaba solo una semana de Luz.

Me ofrecí a atender a su abuela, que también se quedaba sola, pero un mes después también partió a Roma.

Las llamadas, los correos electrónicos, una carta de agradecimiento de su padre con saludos de su abuela y Luz se perdían en la distancia.

Más nunca respondió.

Agana

*L*a más deseada por todos y por todas.

Más pérdida que la dulzura en el agua de mar.

Por abecedarias razones cruzó mi camino más de una vez. Hasta que un día, en un idioma universal, decidió contarme su dolor. Le di medio consejo y, a sabiendas de daños futuros, le di la otra mitad.

Agana no hablaba mi lengua, pero sus ojos sí. Me abrazaba como si se lo hubiesen prohibido toda la vida.

Solo abrazos.

Exactamente, no sé cómo sucedió, pero terminó viviendo conmigo. Al nivel de su belleza estaba su desorden. En mi espacio no quedaba espacio. Su ropita interior colgaba de todo lo enganchable. En cada intento de organizar, se iba poniendo todo lo que encontraba, modelaba para mí y al final se quedaba todo en el mismo lugar.

Su compañía era necesaria. Ella tenía sus amores, pero a mí no me importaba, porque éramos amigos y no tenía sexo con ella por una cuestión de principios. La estaba ayudando cuando no tenía donde vivir (¡qué clase de comemierda!).

Las discusiones entre ambos eran como las matrimoniales. Lloraba hasta inflamar su rostro, me gritaba, me miraba con odio, se encerraba en el baño y terminábamos en su famoso abrazo.

Una vez, me abrazó por más de diez minutos, cuando creía que me dejaría ir me apretaba más, tanto fue que le advertí de la erección que se avecinaba. Comenzó a reírse, pero yo no supe cómo usar aquel setenta y cinco por ciento.

Su compañía pasó a ser imprescindible. Apenas dormía si ella no estaba en la cama, el olor de su pelo limpio y mojado era mi incienso favorito, su sonrisa cada mañana alimentaba el resto de mi día.

Más allá de mis consejos hacia ella, las conversaciones pasaron a mi necesidad.

Untune my heart beats from calling your name like an S.O.S of a cast away
Untie this pain from my chest
Unveil your real self; allow me to have a space behind her breast
Unfurl your thighs, clothe my desire over and over again
Unleash the screams of my silence from the untruth of those tongues you choose to be around
Unplugged yourself from being lost
How can you be that lost?
If I have found you.

Todos los intentos de ayudarla me causaban más dolor. No sé si eran sus veintiún años, o que en realidad yo no le importaba. Descubrí que en el punto donde estaba mi vida, me era imposible hacer algo por ella.

(Escribir sobre ella todavía duele. Pondré algunas cosas más que le dediqué y cerraré este capítulo)

Le pedí que se marchara de mi vida y así fue.

Even through my hard times I gave her my hand
Even my crooked teeth gave her my best smile
I gave her my side of the bed plus an extra space that she always disorganized
The pillow I hug and on top of that she snores.
Even through her lost time she gave me her arms
Although I never understood why she always turns her face away, I felt safe
She gave me her tears more than once
I provoke her laugh a few times
She gave me a self that I am not sure if is the real one or the one I create
She gave me her lies, I let them pass by
And on top of that
For her I am the bad guy.

Even through our dysfunctional time we gave us something
Somewhere in the difference of thirteen years
Even though I said I love you
Even though she still lost.

Una que otra vez nos hemos vuelto a ver. Conversaciones sin mutuo acuerdo, solo sus lágrimas.

Nothing Left to Say

Desire has lost you in me
Since I have a lot of you without you
Since there is nothing left to say
Only this mute pain.

You are still drifting in pieces
Drowning the essential
Feeding yourself on the relief of short term things that will not get you to you
Neither to me.

Now tell me
How can you love me?
If you do not love yourself?

I am guilty until the end
Happen to be the same mistake
The remix of no regret
Investing all myself
Expecting nothing to earn.
Now tell me
What kind of business is this?

Over is fading out your name from my lips
Since I can see you from the outside
Since you are not the one
Not anymore.

Mariposa

*E*ntre las sombras no podía descifrar si aquella columna vertebral era humanamente posible, y para qué hablar de su final. He hablado de tantos culos en este libro, que no tengo palabras para describir semejante anomalía. Ella se hallaba de perfil, mi cabeza y mi cuerpo lentamente se movían de derecha a izquierda, buscando la lógica de aquella estructura.

—También tengo lindos ojos, labios, cabellos...

—No te entiendo.

—Que puedes dejar de mirar mi trasero.

—¿Qué te hace pensar que es eso lo que miro?

—¿Crees que es la primera vez que sucede?

—Está completamente equivocada, dama.

—¡Explícate!

—Miraba la perfección de sus rodillas. Esa sutil unión entre sus piernas y muslos, que permite la fluidez de alientos y de mis dedos en mi imaginación, claro, con todo respeto.

—¿Tú que tomas?

—Black Label sin hielo.

Se dirigió hacia la barra.

—Un Blue Label doble y sin hielo, por favor.

Dándome el trago se presentó: «Mariposa, mucho gusto».

—¿Tu nombre es Mariposa o así te haces llamar?

—Si no hablas de más, puede que sepas por qué Mariposa.

—Poeta... el gusto es mío.

—¡Con razón! Eso que dijiste acerca de mis rodillas, seguramente se lo has dicho a muchas mujeres.

—Estás hablando de más, le dije.

Sonrió.

—He de dejarte saber que el hoyito en tu mejilla izquierda es más lindo que tus rodillas y tu trasero.

—¡Gracias! Nunca he conocido a ningún poeta, no sabía que existían, de todas maneras, no leo mucho.

—Pues hoy es tu noche de suerte, estás justo frente a uno, y no te preocupes, yo no leo mucho, ni tampoco había hablado antes con una Mariposa.

Al día siguiente en casa, cambiando de canal en mi televisor, vi a Mariposa en un comercial donde vendían faldas especiales para levantar y volumizar las nalgas. Por supuesto, lo grabé, las nalgas de Mariposa eran la octava maravilla.

La invité a casa. Me trajo una botella de *whisky*, yo preparé algunos aperitivos, encendí velas, incienso y buena música. A mitad de la noche le mostré el comercial.

—¡Qué estafa!

—Pero me pagan bien.

—¿Por alguna casualidad no tendrás puesta una de esas fajas y me has engañado todo este tiempo?

Tomó mi mano y la puso bajo su vestido, no tenía puesto absolutamente nada. Comenzamos a besarnos, tiró el vestido sobre la lámpara, dejando mi habitación casi a oscuras, sacó las ropas de mi cuerpo, volvió a tomar mi mano y la colocó en el desborde de su fuente, chupé sus pezones mientras la masturbaba, ella me dio su espalda, sola me introdujo en ella y quitó el vestido sobre la lámpara. Tenía tatuada una mariposa que cubría sus nalgas y simulaban un efecto de vuelo, mientras yo entraba y salía de ella. Podía sentir el viento subir por mi abdomen. Volé hasta venirme en sus alas.

Así volé y volé y volé y volé y volé y volé hasta agotarlo todo.

Mariposa partía y regresaba a su antojo, pero no me importaba, para mí, ella no era como: *Hoy viene a ser como la cuarta vez que espero.* Yo estaba tan gastado de Agana, que para mí era como: *Esos días en que eras la vida*, que no puede darle más que un tanto de morbo.

Ella siempre lo supo. Un día después de uno de esos extraordinarios vuelos, me dijo: «Las mariposas solo vivimos veinticuatro horas».

Marnie

*O*jos tristes, voz de niña mimada, sensible, hermosa desde la H hasta la A, polilla de poetas, intensa, dramática, cómica, sarcásticamente maternal. Pero lo que más me gustaba de ella era aquel autotítulo de puta, que apenas cabía en su decencia.

Me contaba su dolor, su soledad, sus tensiones, su salud. Negaba todo intento de acercamiento hacia mí. Para ella, yo era una complicación. A pesar de serlo, sus conversaciones conmigo duraban dos o tres horas.

Marnie tenía cerebro, cara y buenas nalgas. Era justa para este poeta, con la excepción de un pequeño detalle, la geográfica distancia entre ambos. Nos comunicábamos y veíamos a través de una red social y vía telefónica. No era exactamente lo que necesitaba, pero sí me tenía bastante entretenido. Sexualmente me faltaba, pero con mi extensa imaginación, me recreaba.

Era tan tierna, que cuando hablábamos podía sentir su mejilla en la mía. Siempre exigía que acercara mi boca al teléfono y cada vez que lo hacía, también podía besar sus labios.

Laberinto de alma y latidos con espinas a lo desconocido
Coraza de tierna carne envuelta en miedo de algún dolor
Ser dentro de un mismo ser conviviendo en soledad
Pupilas con algo de voz en su dialecto propio al mirar
Belleza a flor de su intocable piel deseada
Y yo aquí
Queriendo que me dejes entrar

Marnie pasó a ser fuente distante de placer y desahogo.

En uno de esos días en que la vida se vuelve un llanto, necesité su voz. Dijo que me llamaría, la esperé y nunca lo hizo. Me dejé llevar por el desastre de mis impulsos y comenté más nunca pedirle su voz.

Después, traté de contactarla varias veces hasta borrarla de todas las fuentes de comunicación. También borré sus fotos robadas.

—¡Tú y tus impulsos Poeta!

Más nunca me contactó.

(Con Marnie fue extremadamente breve, pero ella merece esta tinta).

Epílogo

*P*rimavera fue deportada después de haber sido arrestada varias veces por prostitución y consumo de drogas, además de no tener documentos legales. Más nunca he vuelto a saber de ella.

Luna

Vuelve tu alma llena a desbordar mareas en mis latidos detenidos a orillas de tu humedad.

Vuelve el palpar de tu aliento a desempolvar tu fósil en mi memoria.

Vuelve el atardecer de tu piel a mis sábanas desiertas reclamando el alba al sur de tu anatomía.

Vuelve la voz de tus pupilas a espantar mi soledad murmurando un me quedo de miradas.

Vuelve el sonar de tu pecho a abrirme un espacio detrás de tus senos.

Vuelve.

¿Realmente vuelves?

Luna regreso a Aquí y a mis brazos, hasta que su incontrolable inseguridad puso fin a la segunda parte de nuestra relación. Actualmente, está casada con tres hijos (finalmente pudo parir), y tiene setenta libras de más. Todavía sigo teniendo sexo con la tercera amiga.

Alba ahora es agente de la Interpol. Nos volvimos a ver cuándo fue promovida. Tuvimos sexo dentro de un helicóptero de la policía. También me mostró fotos mías con la mujer de un político de renombre.

Luz esta infelizmente casada con el amigo de su padre. Ella, el amigo y su padre viven en Roma. Su abuela falleció. Cada vez que pasa por Aquí me visita. Al principio, se quedaba conmigo hasta hacer de mi vida un yogur, producto de su obvia infelicidad, creándome el mayor de los cansancios.

Me cansé de escarbar un rasgo mío en tu alma; de ser luz en tus horas de hormonas descontroladas que se marchan al alba
Me cansé de remendar mis alas con cicatrices de tu vuelo escaso de cielo; que en lo más alto de tu caída el suelo me siga quedando encima
Me cansé de este caudal de latidos que desemboca en tu ausencia diluyendo costillas en Evas de la nada
Me cansé de aliviar estos nudos con suspiros en la asfixia de la incertidumbre de tu acorazado ser
Que canse cansancio.

Agana es modelo. En un momento difícil de mi vida necesité su apoyo emocional y no le importó. No me interesa volverla a ver.

Mariposa sigue viviendo de su malformación en comerciales. La he hecho sufrir varias metamorfosis desde entonces.

Marnie sigue siendo un capítulo inconcluso en mi vida. Espero algún día verla.

El vagabundo ahora es musulmán y tienes doce mujeres, anda por la calle con todas ellas bajo el brazo.

Allá no ha cambiado nada.

Un otoño de ilusiones en el alma
Un mar en calma de latidos
> *La pantomima de un abrazo*
> *Un mapa con leyendas de cicatrices*
> *Un altar de despedidas*
> *Las espaldas de un bolsillo roto*
> *Un grillete de soledad*
> *Un Marco Polo sin pasaporte*
> *La descalza esperanza en un mundo de faquires*
> > *¡NO TEMAN!*
> *Es solo mi reflejo.*

Parao
Por los ríos que he cruzado
Aunque casi me haya ahogado
Parao
Aunque me haya equivocado
Parao

Rubén Blades

Como si vivir no fuese la herida

Indice

Otros títulos de Catálogo Erótika de CAAW Ediciones
Disponibles en Amazon

 *Exorcismo Final*, Yovana Martínez

 *2 x 2 no siempre es 4*, Carlos A. Dueñas

 *Mujeres mojadas*, Luis Pérez de Castro

 *324 Mendoza*, Denis Fortún

CAAW EDICIONES

2015
caawincmiami@gmail.com